Mal deine Wünsche in den Himmel

Christine Knödler

Mal deine Wünsche in den Himmel

Kunst und Gedichte für Kinder und Erwachsene

Prestel München · London · New York

ICH & DU

DRUNTER & DRÜBER

DANN & WANN

SEEPFERDCHEN & FLUGFISCHE

WIND & WETTER

NAH & FERN

ZWIELICHT &
SCHATTEN

HIN & WEG

Willkommen!

Ihr kennt sie sicher alle: Die berühmte Geschichte von der Fee, die Wünsche erfüllt, und zwar drei. Mindestens. Aber gibt es das? Gibt es so etwas wie Wunscherfüllung?

Ja, die gibt es, ganz bestimmt. Zum Beispiel, wenn man, so wie ich, über Monate hinweg machen kann, was man ohnehin am liebsten tut: in Gedichten, in Kunstwerken schwelgen, Neues finden, Vergessenes wiederentdecken, staunen über das, was Menschen seit Jahrhunderten bis heute gedacht, gefühlt, gewünscht haben, sich berühren lassen von dem, was sie in Worten und Farben festgehalten haben – und all das zu einem Buch zusammenzubinden.

Einige der gesammelten Wünsche sind euch sicher vertraut, andere könnten wir, die Leser und Betrachter, noch nicht einmal erahnen, geschweige denn wünschen, weil wir bis dahin noch nichts davon wussten. Oder habt ihr jemals daran gedacht, Sterne zu sieben? Das eigene Haus als Kartenhaus zu bauen? Habt ihr euch je gefragt, was ein kaltes Gedicht sein mag, oder wer der Herr ist, der da schwarz befrackt und elegant auf dem Eis seine Runden zieht? Und wo, bitte, liegt Schneewittchenstadt? Und wie kommt man bloß dorthin?

Den Schlüssel zu diesem grenzenlosen, märchenhaften, verheißungsvollen Ort könnt ihr in und mit diesem Buch finden. Die Gedichte und Bilder, die Einfälle der Künstler, mögen euch Türen öffnen zu eurer eigenen Fantasie.
Darum blättert um und begebt euch auf Entdeckungsreise durch das Buch. Lasst euch überraschen und unterhalten vom ICH & DU, DRUNTER & DRÜBER, DANN & WANN, SEEPFERDCHEN & FLUGFISCHE, NAH & FERN, ZWIELICHT & SCHATTEN, seid am Ende hoffentlich HIN & WEG von dem, was ihr gelesen, gesehen und für euch selbst weitergesponnen habt, wenn dann für jeden von euch gilt, was Motto und zugleich Wunsch dieses Buches ist: Mal deine Wünsche in den Himmel.
Und lass sie steigen.
Und lass sie fliegen.

Christine Knödler, Januar 2012

Die Frühlingshore
Ausschnitt aus ›Geburt der Venus‹
Sandro Botticelli

Herbst (Schule) *Ausschnitt*
Marianne von Werefkin

ICH & DU

Ein kleiner Vormittag

Ein kleiner Vormittag
in der Stadt die Stadt gezeichnet am Rande
der Karte: – schau
hin, mit sieben Meilen
Stiefeln nur
erreichbar
Schneewittchenstadt
an einem Morgen: – geh
leise mit den
Fingern
durch die Straßen
die sich dir auftun
zogst du aus das Fürchten zu lernen, hier lernst
du es nimmermehr
alle Türen sind offen
alle Fenster
und Schränke
in allen Fenstern
begegnen sich
Berge und Täler
nach Sprichwörterweisheit
sprich leise, schau hin
du gehst am Rande
die Stadt am
Rande gezeichnet
vormittags
das wächst ganz
klein zur Welt!

Rolf Dieter Brinkmann

Hauswand am Fluss

Egon Schiele

Ich geh durch das Dorf

Ich geh durch das Dorf.
Jeder Ort
ist Mitte der Welt.
Da, dort.
Hier.
Behutsam wandert
ein Kätzlein,
bleibt stehn,
schaut mich an,
legt sich auf die Seite,
zeigt mir,
wo es gekrault sein will.
Du. Du.
Du kleinwinzige
Mitte
der Welt.

Josef Guggenmos

Mein Haus

Dies ist ein Haus,
dies ist mein Haus,
und niemand soll drin wohnen
als ich und du
und Müllers Kuh
und tausend Kaffeebohnen.
Doch Schwirrlefips
und Schwarlefaps
und Trippeltrips
von Trappeltraps,
die sollen mich verschonen!

Max Kruse

Das Kartenhaus

Charles Hunt

die kinder verstecken sich

die kinder verstecken sich
 hinter den beerenbüschen
die kinder verstecken sich
 hinter einem holzstuhl
die kinder verstecken sich
 hinter einem käfer
die kinder verstecken sich
 hinter einem vater und einer mutter
die kinder sagen ticktack
die kinder sagen sumsum
die kinder verstecken sich
 hinter ticktack und sumsum
die kinder verstecken sich hinter der sonne

Elisabeth Borchers

Kinderspiele
Pieter Brueghel der Ältere

Alles unter einem Hut

Vaters Kopf
mit Vaters Ohren,
Vaters Hemd
mit Vaters Hals.
Und im Schatten des Huts
Vaters Bartstoppellachen.

Über dem Hut
der blaue Himmel,
den wir uns teilen,
Vater und ich:
jeder genau die Hälfte.

Tschüss, sagt Vaters Stimme.
Sein Hut geht weg,
seine Hälfte des Himmels
über dem Hut
geht mit.

Jürg Schubiger

Sommertag 19
Quint Buchholz

Mutterns Hände

Hast uns Stulln jeschnitten
un Kaffe jekocht
un de Töppe rübajeschohm –
un jewischt und jenäht
un jemacht und jedreht …
alles mit deine Hände.

Hast de Milch zujedeckt,
uns Bobongs zujesteckt
un Zeitungen ausjetragen –
hast die Hemden jezählt
und Kartoffeln jeschält …
alles mit deine Hände.

Hast uns manches Mal
bei jroßen Schkandal
auch ´n Katzenkopp jejeben.
Hast uns hochjebracht.
Wir wahn Sticker acht,
sechse sind noch am Leben …
Alles mit deine Hände.

Heiß warn se un kalt.
Nu sind se alt.
Nu bist du bald am Ende.
Da stehn wa nu hier,
und denn komm wir bei dir
und streicheln deine Hände.

Kurt Tucholsky

Die Mutter des Künstlers
Ausschnitt
Albrecht Dürer

alt 63 jor
Im 1514

Der Stuhl

Alltag

Ein Stuhl,
allein.
Was braucht er?
Einen Tisch!

Auf dem Tisch
liegen Brot, Käse,
Birnen,
steht ein gefülltes Glas.

Tisch und Stuhl,
was brauchen sie?
Ein Zimmer,
in der Ecke ein Bett,
an der Wand einen Schrank,
dem Schrank gegenüber ein Fenster,
im Fenster einen Baum.

Tisch, Stuhl, Zimmer ...
Was brauchen sie?
Einen Menschen.

Der Mensch sitzt
auf dem Stuhl
am Tisch,
schaut aus dem Fenster
und ist traurig.
Was braucht er?

Hans Manz

Zuhören (Bildnis Jawlensky)

Gabriele Münter

Komm, sage mir, was du für Sorgen hast

In eines Holzes Duft lebt fernes Land.
Gebirge schreiten durch die blaue Luft.
Ein Windhauch streicht wie Mutter deine Hand.
Und eine Speise schmeckt nach Kindersand.

Die Erde hat ein freundliches Gesicht,
so groß, dass man's von Weitem nur erfasst.
Komm, sage mir, was du für Sorgen hast.
Reich willst du werden? –

Warum bist du's nicht?

Joachim Ringelnatz

Wort an Wort

Wir wohnen
Wort an Wort

Sag mir
dein liebstes
Freund

meines heißt
DU

Rose Ausländer

Bauernjunge
Amedeo Modigliani

Ich

Ich stehe
manchmal
neben mir

und sage
freundlich
DU zu mir
und sag
DU bist
ein Exemplar
wie keines
jemals
vor dir war
DU bist
der Stern
der Sterne
Das hör ich
nämlich gerne

Jürgen Spohn

Das Mädchen mit dem Perlenohrring
Ausschnitt
Jan Vermeer

DRUNTER & DRÜBER

Der Sonntagsspaziergang *Ausschnitt*
Carl Spitzweg

Spitzweg

Morgenwonne

Ich bin so knallvergnügt erwacht.
Ich klatsche meine Hüften.
Das Wasser lockt. Die Seife lacht.
Es dürstet mich nach Lüften.

Ein schmuckes Laken macht einen Knicks
Und gratuliert mir zum Baden.
Zwei schwarze Schuhe in blankem Wichs
Betiteln mich »Euer Gnaden«.

Aus meiner tiefsten Seele zieht
Mit Nasenflügelbeben
Ein ungeheurer Appetit
Nach Frühstück und nach Leben.

Joachim Ringelnatz

Glasvitrine mit vielen Gegenständen
Domenico Remps

Der König und der Floh

Es war einmal ein König,
Der hatt einen großen Floh.
Den liebt er gar nicht wenig
Als wie seinen eigenen Sohn.

Da rief er seinen Schneider,
Der Schneider kam heran:
»Da, miss dem Junker Kleider
Und miss ihm Hosen an!«

In Sammet und in Seide
War er nun angetan,
Hatt Bänder auf dem Kleide,
Hatt auch ein Kreuz daran.

Und war sogleich Minister
Und hatt einen großen Stern.
Da wurden seine Geschwister
Bei Hof auch große Herrn.

Und Herrn und Fraun am Hofe,
Die waren sehr geplagt,
Die Königin und die Zofe
Gestochen und genagt.

Und durften sie nicht knicken
Und weg sie jucken nicht.
Wir knicken und ersticken
Doch gleich, wenn einer sticht.

Johann Wolfgang von Goethe

Im Ankleidezimmer
Ausschnitt
Pietro Longhi

Das Schlaraffenland

Pieter Brueghel der Ältere

Erleuchtung

Michel! fallen dir die Schuppen
Von den Augen? Merkst du itzt,
Dass man dir die besten Suppen
Vor dem Maule wegstibitzt?

Als Ersatz ward dir versprochen
Reinverklärte Himmelsfreud
Droben, wo die Engel kochen
Ohne Fleisch die Seligkeit!

Michel! wird dein Glaube schwächer
Oder stärker dein App'tit?
Du ergreifst den Lebensbecher
Und du singst ein Heidenlied!

Michel! fürchte nichts und labe
Schon hienieden deinen Wanst,
Später liegen wir im Grabe,
Wo du still verdauen kannst.

Heinrich Heine

Glückspilz

Geboren ward er ohne Wehen
Bei Leuten, die mit Geld versehen.
Er schwänzt die Schule, lernt nicht viel,
Hat Glück bei Weibern und im Spiel,
Nimmt eine Frau sich, eine schöne,
Erzeugt mit ihr zwei kluge Söhne,
Hat Appetit, kriegt einen Bauch,
Und einen Orden kriegt er auch,
Und stirbt, nachdem er aufgespeichert
Ein paar Milliönchen, hochbetagt;
Obgleich ein jeder weiß und sagt:
Er war mit Dummerjan geräuchert.

Wilhelm Busch

Schlussreim

Eine ernste Kunst ist Lachen
Soll ich's morgen besser machen,
Sagt mir: macht' ich's heute gut?
Kam der Funke stets vom Herzen?
Wenig taugt der Kopf zum Scherzen,
Glüht im Herzen nicht die Glut.

Wagt's mit meiner Kost, ihr Esser!
Morgen schmeckt sie euch schon besser,
und schon übermorgen – gut!
Wollt ihr dann noch mehr, so machen
Meine alten sieben Sachen
Mir zu sieben neuen Mut.

Friedrich Nietzsche

kaltes gedicht

die schinke und das wurst
in kühlschrank drin
der schöne deutsche wort
in kühlschrank drin
das schönsten deutschen wort
die wört der deutschen schön
das wurst die schinke plus
kühl vodka von die russ

ernst jandl

Der Schinken

Paul Gauguin

Nana in Hannover

Niki de Saint Phalle

Doppelmoppel

Der Herr von Doppelmoppel
Hat alle Dinge doppel.
Er hat ein Doppelkinn
Mit Doppelgrübchen drin.
Er führt ein Doppelleben,
Das zweite stets daneben.
Er hat ein Doppelweib
Zum Doppelzeitvertreib.
Der Herr von Doppelmoppel
Hat eben alles doppel.

Kurt Schwitters

Tine

Tine, nun mach keinen Unsinn!
Tine, nun lass das doch sein!
Tine, kein Mensch steht, ein Storch nur
auf einem, auf einem Bein!

Tine, nun lass doch die Faxen!
Tine, nicht wieder, o nein!
Tine, der Mensch hat zwei Haxen
und nicht nur ein einziges Bein!

Tine, du bist kein Flamingo!
Tine, du bist wunderschön!
Tine, nun sei doch nicht so
und lass deine zwei Beine sehn!

Peter Maiwald

Das Lächeln der Mona Lisa

Ich kann den Blick nicht von dir wenden.
Denn über deinem Mann vom Dienst
hängst du mit sanft verschränkten Händen
und grienst.

Du bist berühmt wie jener Turm von Pisa,
dein Lächeln gilt für Ironie.
Ja ... warum lacht die Mona Lisa?
Lacht sie über uns, wegen uns, trotz uns, mit uns, gegen uns –
oder wie –?

Du lehrst uns still, was zu geschehn hat.
Weil uns dein Bildnis, Lieschen, zeigt:
Wer viel von dieser Welt gesehn hat –
der lächelt, legt die Hände auf den Bauch und schweigt.

Kurt Tucholsky

Mona Lisa

Leonardo da Vinci

Logik

Die Nacht war kalt und sternenklar,
da trieb im Meer bei Norderney
ein Suahelischnurrbarthaar. –

Die nächste Schiffsuhr wies auf drei.

Mir scheint da mancherlei nicht klar,
man fragt doch, wenn man Logik hat,
was sucht ein Suahelihaar
denn nachts um drei am Kattegatt?

Joachim Ringelnatz

Die Fußballspieler
Ausschnitt
Henri Rousseau

Ein Narr
Ausschnitt
David Teniers der Jüngere

Übermut

Pst! ein Kobold huscht herein,
Knickst und hopst auf einem Bein,
Putzig, pudelnärrisch, kurrig,
Greisenalt, doch überschnurrig.
Schwapp! da hat er mich beim Kopf,
Der verfluchte Wiedehopf!
Zaust die Haare – Nasenstüber! –
Springt nun aufs Gesims hinüber;
Und ums alte Porzellan –
Schwere Not! – ist es getan.
Prasselnd fällt es, ist entzwei. –
Doch der Racker – eins, zwei, drei –
Wandelt sich zum süßten Bübchen,
Schelmaug, Rosenbäckchen, Grübchen;
Küsst mich Griesgram tüchtig ab,
Dass die helle Freud ich hab.

Über Tische, Stühle, Bänke,
Gegen Fenster, Türen, Schränke
Tanz ich lachend mit dem Strick;
Scherben klirren – das gibt Glück!
Tür hinaus auf offne Straße!
Just vor aller Leute Nase
Tollen wir, und Schabernack
Spielen wir dem würd'gen Pack. –
Da auf einmal – Schreck und Pein! –
Stellt der Lümmel mir ein Bein,
Und ich fliege in den Dreck. –
Doch der Bengel? – Der ist weg.
Tiefbeschämt hink ich nach Haus. –
Leute, lacht mich nur nicht aus!

Alfred Walter Heymel

D · TENIERS

Spielende Kinder im Park *Ausschnitt*
Max Liebermann

DANN & WANN

Uhr und Flasche

Juan Gris

EINE LAUS

im uhrgehäuse ..
o zeus!
eine laus
zwischen
den zähnen
der zeit ..
wenn die
räderchen
erst einmal
den juckreiz
verspüren –
dann
ist es
aus ...

h. c. artmann

Genialisch Treiben

So wälz ich ohne Unterlass,
Wie Sankt Diogenes, mein Fass.
Bald ist es Ernst, bald ist es Spaß;
Bald ist es Lieb, bald ist es Hass;
Bald ist es dies, bald ist es das;
Es ist ein Nichts und ist ein Was.
So wälz ich ohne Unterlass,
Wie Sankt Diogenes, mein Fass.

Johann Wolfgang von Goethe

Gedicht für jeden Tag im Jahr

Jeder wünscht sich jeden Morgen
irgendetwas – je nachdem.
Jeder hat seit jeher Sorgen.
Jeder jeweils sein Problem.

Jeder jagt nicht jede Beute.
Jeder tut nicht jede Pflicht.
Jemand freut sich jetzt und heute.
Jemand anders freut sich nicht.
Jemand lebt von seiner Feder.
Jemand anders lebt als Dieb.
Jedenfalls hat aber jeder
jeweils irgendjemand lieb.

Jeder Garten ist nicht Eden.
Jedes Glas ist nicht voll Wein.
Jeder aber kann für jeden
jederzeit ein Engel sein.

Ja, je lieber und je länger
jeder jedem jederzeit
jedes Glück wünscht, umso enger
leben wir in Einigkeit.

James Krüss

Versunkene Landschaft
Paul Klee

Der Ballon

Felix Vallotton

Kindheit

Es wäre gut, viel nachzudenken, um
von so Verlornem etwas auszusagen,
von jenen langen Kindheit-Nachmittagen,
die so nie wiederkamen – und warum?

Noch mahnt es uns –: vielleicht in einem Regnen,
aber wir wissen nicht mehr was das soll;
nie wieder war das Leben von Begegnen,
von Wiedersehn und Weitergehn so voll

wie damals, da uns nichts geschah als nur
was einem Ding geschieht und einem Tiere:
da lebten wir, wie Menschliches, das Ihre
und wurden bis zum Rande voll Figur.

Und wurden so vereinsamt wie ein Hirt
und so mit großen Fernen überladen
und wie von weit berufen und berührt
und langsam wie ein langer neuer Faden
in jene Bilder-Folgen eingeführt,
in welchen nun zu dauern uns verwirrt.

Rainer Maria Rilke

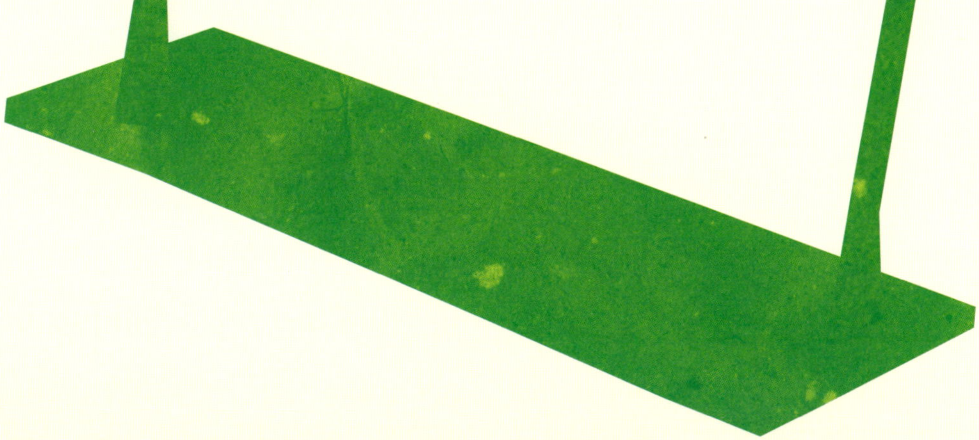

Der Dinggang

Langsam ist der Gang der Dinge,
wenn es nach den Dingen ginge,
dauerte es elend lang.
Sind die Dinge mal im Gang,
muss man halt vor allen Dingen

sehr sehr viel Geduld aufbringen.
Hat es aber angefangen
mit den langen Dingendangen,
sind sie endlich angesprungen,

ist es tatsächlich gelungen
und sie kommen in die Gänge,
Mann! Das zieht sich in die Länge.

Und das geht so lang es geht,
bis das Ding dann steht.

F. W. Bernstein

Die Telegrafenmasten in Malakoff

Henri Rousseau

Kindheitserinnerung

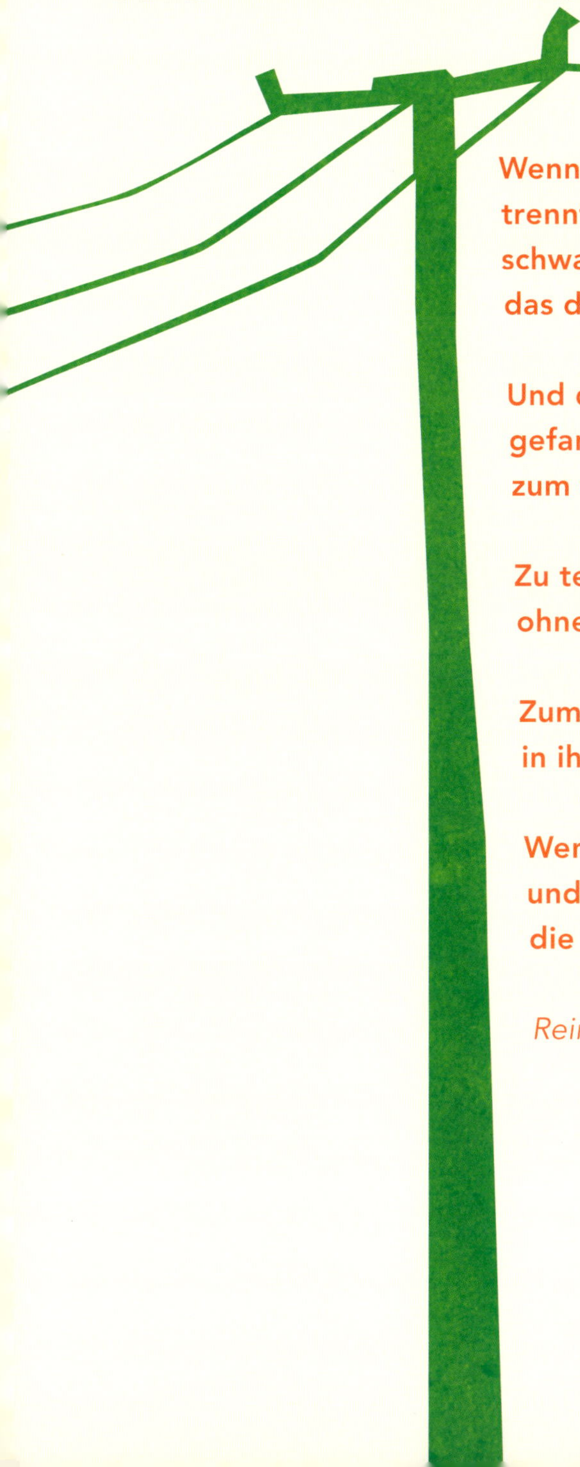

Wenn die schwalben sich zum abflug sammelten,
trennte zwischen den stromleitungsmasten
schwalbenstacheldraht
das dorf vom himmel

Und die menschen waren
gefangene, verurteilt
zum winter

Zu telegrafendrähten
ohne gezwitscher

Zum leeren nest
in ihrer brust

Wenn die schwalben sich sammelten
und mit ihren schwanz- und flügelspitzen
die grenze markierten

Reiner Kunze

Kein Erinnern im Frühling

für: H. Bender
13.3.61

Erinnerte Landschaft
blau, mit Frühling –
Gärten, offene Fenster
nachmittags schon

und das Kinderlachen –
da denk ich
die gleichgültige Zärtlichkeit
eines solchen Augenblicks nach

die Zauberformel:
ein wenig grün die Welt
und die Luft, die zu
blühen beginnt

und Vögel
wer dächte nicht daran!
streitlustig, lärmend
Zänker, Raufbolde

Diebe, die
kennen kein
Erinnern!

Rolf Dieter Brinkmann

Der Garten des Künstlers in Vétheuil
Ausschnitt
Claude Monet

Jetzt

Wann ist eigentlich jetzt?
Na ganz einfach. Jetzt!
Und jetzt?
Jetzt ist auch jetzt!
Aber es war doch gerade jetzt.
Da kann doch nicht schon wieder jetzt sein.
Oder doch?
Klar. Auf jetzt folgt jetzt.
Ununterbrochen.
Jetzt.
Jetzt.
Jetzt.
Wie lange dauert jetzt?
Wenn man es langsam spricht: J e t z t.
Wenn man es schnell spricht: Jetzt.
Man muss es denken.
Das geht am schnellsten.
Jetzt!
Man denkt es, und schon ist es vorbei.
Wenn man sein ganzes Leben daran denkt,
weiß man immer, wann gerade jetzt ist.
Jetzt. Jetzt. Jetzt. Jetzt. Jetzt.
Aber man kann dann gar nichts anderes mehr tun.
Jetzt nicht.
Und jetzt nicht.
Und überhaupt nie.
Darum hör ich auf damit.
Jetzt.

Gerald Jatzek

Dingo Dreaming
Ausschnitt
Douglas Frank Tjapangardi

Landschaft mit gelben Vögeln *Ausschnitt*

Paul Klee

SEEPFERDCHEN &
FLUGFISCHE

Kind und Pfau

Im Mäntelchen mit viel Besatz
und seidener Kapotte,
im Spitzenkragen und Seidenlatz,
so steht hier die Charlotte.
Da kommt daher ein stolzer Pfau
mit Federn, vielen hundert,
der sieht die kleine Menschenfrau, –
und beide steh'n verwundert.
Die Lotte beugt sich staunend vor,
der Pfau beugt sich zurücke
und spreizt den blauen Federflor; –
so kreuzen sich die Blicke.

»Was ist das für ein schönes Tier!«
so denken alle beide.
Er deucht ihr ganz von Golde schier,
sie deucht ihm ganz von Seide.
– Sie seh'n sich fast die Augen blind
am Kleid und an den Daunen –
und wenn sie nicht gegangen sind,
steh'n sie wohl noch und staunen.

Erich Mühsam

Heimatlose

Ich bin fast gestorben vor Schreck:
in dem Haus, wo ich zu Gast
war, im Versteck,
bewegte sich, regte sich
plötzlich hinter einem Brett,
in einem Kasten neben dem Klosett,
ohne Beinchen,
stumm, fremd und nett
ein Meerschweinchen.
Sah mich bange an,
sah mich lange an,
sann wohl hin und sann her,
wagte sich
dann heran
und fragte mich:
»Wo ist das Meer?«

Joachim Ringelnatz

Walterchens Spielsachen
August Macke

Das Murmeltier

Das Murmeltier, das Murmeltier
das murmelt da, das murmelt hier
es murmelt morgens, mittags, nachts,
nur abends nicht, da lachts.

Peter Maiwald

Junge Pferde

Wer die blühenden Wiesen kennt
Und die hingetragene Herde,
Die, das Maul am Winde, rennt:
Junge Pferde! Junge Pferde!

Über Gräben, Gräserstoppel
Und entlang den Rotdornhecken
Weht der Trab der scheuen Koppel,
Füchse, Braune, Schimmel, Schecken!

Junge Sommermorgen zogen
Weiß davon, sie wieherten.
Wolke warf den Blitz, sie flogen
Voll von Angst hin, galoppierten.

Selten graue Nüstern wittern,
Und dann nähern sie und nicken,
Ihre Augensterne zittern
In den engen Menschenblicken.

Paul Boldt

Der gestürzte Jockey
Ausschnitt
Edgar Degas

Ägyptische
Katzenskulptur

Hölzerne Säule

Eine Säule steht von Holz,
Drauf die Stimme sitzt und zieht die Beine hoch;
Fragt in alle Winde und verbittet sich die Antwort.
Alle Welt liegt rund in Ringen
Die sich engen um die Säule
Einen langen, langen Stock mit einem kurzgedrungenen Hammer
Hält die Stimme in der Hand,
Zwischen zwei verwehten Fragen
Auf den Ringen mit zu spielen:
Bang, kling lang -; bang, kling lang -;
Diese Frage werf ich in das Meer.
Bang, kling lang -; bang, kling lang -;
Diese fiel zu kurz und läuft ein Stück.
Bang, kling lang -; bang, kling lang -;
Rote Mäuse springen mir vom Mund.
Bang, kling lang -; bang, kling lang -;
Flüchten über sieben Ringe.
Eine schwarze Katze sitzt am Rand der Welt.
Bang, kling lang -; bing bing, bang, bing -
Alle roten Mäuse rennen ihr ins Maul.
Bang, bang, schwarze Katz,
Wirst du nimmer satt?
Da legt die Katz den Schwanz her um die ganze Welt.
Bang, kling lang -; bang, kling lang auf allen sieben Ringen,
Der achte ist der Katzenschwanz,
Den traf ich mit dem Hammer.
Bang, kling lang; miau, mio; die Welt ist voll Musik.
Was aber über Ringe läuft,
Bang, kling lang -; bing bing, bang, bing -;
Den kribbelts untern Sohlen.

Otto zur Linde

Seepferdchen und Flugfische

tressli bessli nebogen leila
flusch kata
ballubasch
zack hitti zopp

zack hitti zopp
hitti betzli betzli
prusch kata
ballubasch
fasch kitti bimm

zitti kitillabi billabi billabi
zikko di zakkobam
fisch kitti bisch

bumbalo bumbalo bumbalo bambo
zitti kitillabi
zack hitti zopp

tressli bessli nebogen grügrü
blaulala violabimini bisch
violabimini bimini bimini
fusch kata
ballubasch
zick hiti zopp

Hugo Ball

au grand constructeur

Ein Bild
schenkt sie mir
pinnt es an die Wand überm Bett

Rasenmäher
denke ich
hochgesprengt in die Wolken
verrückt gewordene Hubschrauber
kurz vorm Absturz

Schmetterlinge sind das
erklärt sie mir
und nachts
wenn du schläfst
da werden die lebendig
und flattern dir
um Glatze
und Bart

Paul Kersten

Der Schmetterlingsfänger
Ausschnitt
Carl Spitzweg

Blauer Schmetterling

Flügelt ein kleiner blauer
Falter vom Wind geweht,
Ein perlmutterner Schauer,
Glitzert, flimmert, vergeht.
So mit Augenblicksblinken,
So im Vorüberwehn
Sah ich das Glück mir winken,
Glitzern, flimmern, vergehn.

Hermann Hesse

Zwitscher-Maschine
1922 / 151
Die Zwitscher-Maschine

Die Zwitscher-Maschine

Paul Klee

Mikado

Als habe eine Hand
alle sie mit einem Mal
fallen lassen,
stehn die kleinen Fische
kreuz und quer
übereinander
und wärmen
reglos sich
an einem Sonnenstrahl.

Versuche,
von den Fischlein
eines
abzuheben,
ohne dass die andern auseinanderstreben!

Wem das gelingt,
der hat gewonnen
und darf sich mit den kleinen Fischen sonnen.

Reiner Kunze

Die Vöglein sind zu beneiden,
sie meiden,
an Stamm und Wurzeln zu denken
und selbstzufrieden schaukeln den ganzen Tag die behenden
und singen auf letztverzweigten Enden.

Paul Klee

Das Gebet

Rote Rehe I

Franz Marc

Die Rehlein beten zur Nacht,
hab acht!
Halb neun!
Halb zehn!
Halb elf!
Halb zwölf!
Zwölf!
Die Rehlein beten zur Nacht,
hab acht!
Sie falten die kleinen Zehlein,
die Rehlein.

Christian Morgenstern

Im Park

Ein ganz kleines Reh stand am ganz kleinen Baum
Still und verklärt wie im Traum.
Das war des Nachts elf Uhr zwei.
Und dann kam ich um vier
Morgens wieder vorbei,
Und da träumte noch immer das Tier.
Nun schlich ich mich leise – ich atmete kaum –
Gegen den Wind an den Baum,
Und gab dem Reh einen ganz kleinen Stips.
Und da war es aus Gips.

Joachim Ringelnatz

Die Entwicklung der Menschheit

Einst haben die Kerls auf den Bäumen gehockt,
behaart und mit böser Visage.
Dann hat man sie aus dem Urwald gelockt
und die Welt asphaltiert und aufgestockt,
bis zur dreißigsten Etage.

Da saßen sie nun, den Flöhen entflohn,
in zentralgeheizten Räumen.
Da sitzen sie nun am Telefon.
Und es herrscht noch genau derselbe Ton
wie seinerzeit auf den Bäumen.

Sie hören weit. Sie sehen fern.
Sie sind mit dem Weltall in Fühlung.
Sie putzen die Zähne. Sie atmen modern.
Die Erde ist ein gebildeter Stern
mit sehr viel Wasserspülung.

Sie schießen die Briefschaften durch ein Rohr.
Sie jagen und züchten Mikroben.
Sie versehn die Natur mit allem Komfort.
Sie fliegen steil in den Himmel empor
und bleiben zwei Wochen oben.

Was ihre Verdauung übriglässt,
das verarbeiten sie zu Watte.
Sie spalten Atome. Sie heilen Inzest.
Und sie stellen durch Stiluntersuchungen fest,
dass Cäsar Plattfüße hatte.

So haben sie mit dem Kopf und dem Mund
den Fortschritt der Menschheit geschaffen.
Doch davon mal abgesehen und
bei Lichte betrachtet sind sie im Grund
noch immer die alten Affen.

Erich Kästner

Affen als Kunstrichter
Gabriel von Max

Vorsicht!
München.

Die Terrasse am Meeresufer
von Sainte-Adresse *Ausschnitt*
Claude Monet

WIND & WETTER

Lied vom Winde

Sausewind, Brausewind!
Dort und hier!
Deine Heimat sage mir!

»Kindlein, wir fahren,
Seit viel vielen Jahren
Durch die weit weite Welt,
Und möchtens erfragen,
Die Antwort erjagen,
Bei den Bergen, den Meeren,
Bei des Himmels klingenden Heeren,
Die wissen es nie.
Bist du klüger als sie,
Magst du es sagen.
– Fort, wohlauf!
Halt uns nicht auf!
Kommen andre nach, unsre Brüder,
Da frag wieder.«

Halt an! Gemach,
Eine kleine Frist!
Sagt, wo der Liebe Heimat ist,
Ihr Anfang, ihr Ende?

»Wers nennen könnte!
Schelmisches Kind!
Lieb ist wie Wind,
Rasch und lebendig,
Ruhet nie,
Ewig ist sie,
Aber nicht immer beständig.
– Fort! Wohlauf! auf!
Halt uns nicht auf!
Fort über Stoppel, und Wälder, und Wiesen!
Wenn ich dein Schätzchen seh,
Will ich es grüßen.
Kindlein, ade!«

Eduard Mörike

Der Westwind Zephyr
Ausschnitt aus ›Geburt der Venus‹
Sandro Botticelli

ihre antwort auf frühling

**ein himmel-
nein, ein vergissmeinnicht-
blauer
hut, oder lampenkopf –**

**hut! einer älteren, einer
korpulenten
älteren
dame,**

**gegen, dahinter,
einen strauch, oder baum,
aus matt-
roten blüten.**

ernst jandl

Mädchen mit Pfingstrosen
Alexej von Jawlensky

Wünsche wie Wolken

Mal deine Wünsche in den Himmel.
Wünsche wie Wolken, wie Apfelschimmel.
Wünsche so groß wie ein Riesenrad.
Wünsche so klein wie ein Zinnsoldat.

Für alles ist Platz –
ob Ball oder Spatz,
ob Eisbär oder Marmeladeglas.
Schau in den Himmel
und wünsch dir was!

Gerda Anger-Schmidt

Sommerfrische

Zupf dir ein Wölkchen aus dem Wolkenweiß,
das durch den sonnigen Himmel schreitet.
Und schmücke den Hut, der dich begleitet,
mit einem grünen Reis.

Verstecke dich faul in der Fülle der Gräser.
Weil's wohltut, weil's frommt.
Und bist du ein Mundharmonikabläser
und hast eine bei dir, dann spiel, was dir kommt.

Und lass deine Melodien lenken
von dem freigegebenen Wolkengezupf.
Vergiss dich. Es soll dein Denken
nicht weiter reichen als ein Grashüpferhupf.

Joachim Ringelnatz

Hirtenknabe
Ausschnitt
Franz von Lenbach

Nach dem Regen

**Alles ist neu,
alles nah.
Alles ist lieber da.
Jedes Ding gleißt.**

**Ich weiß, dass mir alles gelingt.
Die Straßenbahn die vorüberreist,
singt.**

Josef Guggenmos

**Was machen Sie?
Nichts.
Ich lasse
das Leben
auf mich
regnen.**

Rahel Varnhagen

Menschen auf einer Brücke, vom Regen überrascht
Utagawa Hiroshige

名所江戸百景
大はしあたけの夕立
広重画

Der Herbst steht auf der Leiter

Der Herbst steht auf der Leiter
Und malt die Blätter an,
Ein lustiger Waldarbeiter,
Ein froher Malersmann.

Er kleckst und pinselt fleißig
Auf jedes Blattgewächs,
Und kommt ein frecher Zeisig,
Schwupp, kriegt der auch nen Klecks.

Die Tanne spricht zum Herbste:
Das ist ja fürchterlich,
Die andern Bäume färbste,
Was färbste nicht mal mich?

Die Blätter fallen munter
Und finden sich so schön.
Sie werden immer bunter.
Am Ende falln sie runter.

Peter Hacks

Altweibersommer

Die Weiber packen ihre Sommersachen
Noch einmal aus.
Auf der Bank vor dem Haus
Und am Rand der Allee
Sieht man sie sitzen und stricken und lachen.
Nun tut die Sonne nimmer weh.
Eine sagt vor sich hin: ich seh
Silberne Fäden inmitten des Blaus –

– Während die Buben die Schnur an dem Drachen
Immer länger und länger machen.

Albrecht Goes

Kindergespräche in herbstlicher Landschaft

Isaak Brodskij

schneeeee

und aus dem gelben himmel schneits ein e
und noch ein e und noch ein e und plötzlich
ward alles e immer noch und wieder e

und da war schnee da war schnee in deen
chausseen war schnee übeer deen eebeeneen
schnee übeer deen dächeern schnee in jeedeem

beeet wuchs nurmeeehr deeer schneee schneee war
im geeesteeern und im heeeuteee war schneee
füchseee tollteeen im schneee pfiffeee geeellteeen

im schneeee glockeeeen schallteeeen übeeeer deeeem
seeee und auf deeeem seeee lag schneeee in jeeeedeeeer
ideeee war eeeeinfach nur meeeehr schneeeee

arne rautenberg

Der Seufzer

Ein Seufzer lief Schlittschuh auf nächtlichem Eis
und träumte von Liebe und Freude.
Es war an dem Stadtwall, und schneeweiß
glänzten die Stadtwallgebäude.

Der Seufzer dacht an ein Maidelein
und blieb erglühend stehen.
Da schmolz die Eisbahn unter ihm ein –
und er sank – und ward nimmer gesehen.

Christian Morgenstern

Pfarrer Robert Walker beim Schlittschuhlaufen

Ausschnitt
Sir Henry Raeburn

Gabriele Münter
Landstraße im Winter

Wie magermilch die
blaue haut des schnees

Nach regen ist
der luft zumute

Zwei häuser die
mit durchgelaufnen sohlen
noch keinen schritt
gegangen sind

Und dann
den hügel hoch die spur

Vier rädern stemmte sich
die welt entgegen

Philipp Luidl

Landstraße im Winter

Gabriele Münter

Die Rosse des Neptun
Ausschnitt
Walter Crane

Weltende

Dem Bürger fliegt vom spitzen Kopf der Hut,
In allen Lüften hallt es wie Geschrei.
Dachdecker stürzen ab und gehn entzwei.
Und an den Küsten – liest man – steigt die Flut.

Der Sturm ist da, die wilden Meere hupfen
An Land, um dicke Dämme zu zerdrücken.
Die meisten Menschen haben einen Schnupfen.
Die Eisenbahnen fallen von den Brücken.

Jakob van Hoddis

NAH & FERN

Stocletfries *Ausschnitt*
Gustav Klimt

Die Beiden

Sie trug den Becher in der Hand
– Ihr Kinn und Mund glich seinem Rand –
So leicht und sicher war ihr Gang,
Kein Tropfen aus dem Becher sprang.

So leicht und fest war seine Hand:
Er ritt auf einem jungen Pferde
Und mit nachlässiger Gebärde
Erzwang er, dass es zitternd stand.

Jedoch, wenn er aus ihrer Hand
Den leichten Becher nehmen sollte,
So war es Beiden allzuschwer:
Denn Beide bebten sie so sehr,
Dass keine Hand die and're fand,
Und dunkler Wein am Boden rollte.

Hugo von Hofmannsthal

Der Monat August
Ausschnitt
Brüder von Limburg

Für Einen

Die Andern sind das weite Meer.
Du aber bist der Hafen.
So glaube mir: kannst ruhig schlafen,
Ich steure immer wieder her.

Denn all die Stürme, die mich trafen,
Sie ließen meine Segel leer.
Die Andern sind das bunte Meer,
Du aber bist der Hafen.

Du bist der Leuchtturm. Letztes Ziel.
Kannst, Liebster, ruhig schlafen.
Die Andern ... das ist Wellen-Spiel,

Du aber bist der Hafen.

Mascha Kaléko

Auf dem Segler
Caspar David Friedrich

CHAGALL

Blau, fliederfarben
auf dem Eiffelturm spielt er Geige
während die Liebenden
alle Fenster öffnen
er spielt
Geige
das ist ein fliederfarbner
Augenblick: das Glück
wiederholt sich
selber
es fängt das
Pferd ein
Märchen
zu erzählen an: die
sich lieben
öffnen die Fenster
wo die
Luft
blüht, blau
fliederfarben
während er Geige spielt
auf dem Eiffelturm.

Rolf Dieter Brinkmann

Liebes-Lied

Wie soll ich meine Seele halten, dass
sie nicht an deine rührt? Wie soll ich sie
hinheben über dich zu andern Dingen?
Ach gerne möcht ich sie bei irgendwas
Verlorenem im Dunkel unterbringen
an einer fremden stillen Stelle, die
nicht weiterschwingt, wenn deine Tiefen schwingen.
Doch alles, was uns anrührt, dich und mich,
nimmt uns zusammen wie ein Bogenstrich,
der aus zwei Saiten *eine* Stimme zieht.
Auf welches Instrument sind wir gespannt?
Und welcher Geiger hat uns in der Hand?
O süßes Lied.

Rainer Maria Rilke

Das Brautpaar mit dem Eiffelturm
Marc Chagall

Mary Cassatt
(25 épreuves)

Der Brief
Mary Cassatt

Jederzeit

Komm mich
mal besuchen
Ich back dir
einen Kuchen
Ich zeig dir
meinen Leberfleck
und puste
deine Sorgen weg
so, wie du bist
lass ich dich sein
und klopfst du an
lass ich dich ein

Jürgen Spohn

Der Brief, den du geschrieben,
Er macht mich gar nicht bang;
Du willst mich nicht mehr lieben,
Aber dein Brief ist lang.

Zwölf Seiten, eng und zierlich!
Ein kleines Manuskript!
Man schreibt nicht so ausführlich,
Wenn man den Abschied gibt.

Heinrich Heine

Der Sperling und die Schulhof-Kinder

Ein Sperling, der von ungefähr
zu einem Schulhof kam,
erstaunte über das, was er
auf diesem Hof vernahm.

Ein Mädchen sprach zu Meiers Franz:
»Du alter Esel du!«
Da sprach der Franz: »Du dumme Gans
bist eine blöde Kuh!«

Zum Peter sprach Beate nun:
»Du Affe, geh hier weg!«
Da rief der Peter: »Dummes Huhn,
ich weiche nicht vom Fleck!«

Der Walter sprach zum dicken Klaus:
»Mach Platz, du fetter Ochs!«
Da rief der Klaus: »Du fade Laus,
pass auf, dass ich nicht box!«

Der Sperling meint, er hör nicht recht.
Es tönte allenthalb:
»Du Schaf! Du Floh! Du blöder Hecht!
Du Hund! Du Schwein! Du Kalb!«

Der kleine Sperling staunte sehr.
Er sprach: »Es schien mir so,
als ob ich auf dem Schulhof wär`.
Doch bin ich wohl im Zoo.«

James Krüss

Nach der Schule
Ausschnitt
Ferdinand Waldmüller

wie ich dich nenne
wenn ich an dich denke
und du nicht da bist:

meine **Walderdbeere**
meine **Zuckerechse**
meine **Trosttüte**
mein **Seidenspinner**
mein **Sorgenschreck**
meine **Aurelia**
meine **Schotterblume**
mein **Schlummerkind**
meine **Morgenhand**
mein **Vielvergesser**
mein **Fensterkreuz**
mein **Mondverstecker**
mein **Silberstab**
mein **Abendschein**
mein **Sonnenfaden**
mein **Rüsselhase**
mein **Hirschenkopf**
meine **Hasenpfote**
mein **Treppenfrosch**
mein **Lichterkranz**
mein **Frühlingsdieb**
mein **Zittergaul**
meine **Silberschnecke**
mein **Tintenfass**
mein **Besenfuchs**
mein **Bäumefäller**
mein **Sturmausreißer**
mein **Bärenheger**
mein **Zähnezeiger**
mein **Pferdeohr**
mein **Praterbaum**
mein **Ringelhorn**
meine **Affentasche**
meine **Winterwende**
meine **Artischocke**
meine **Mitternacht**
mein **Rückwärtszähler**

(da capo!)

Friederike Mayröcker

Brieftragender Vogel
Ausschnitt aus dem Antonius-Altar
Hieronymus Bosch

Prähistorische Ballade

Ein Ichthyosaur sich wälzte
Am schlammigen, mulstrigen Sumpf.
Ihm war in der Tiefe der Seele
So säuerlich, saurisch und dumpf,

So dämlich, so zäh und so tranig,
So schwer und so bleiern und stumpf;
Er stürzte sich in das Moorbad
Mit platschendem, tappigem Pflumpf.

Da sah er der Ichthyosaurin,
So zart und so rund und so schlank,
Ins schmachtende Eidechsenauge,
Da ward er vor Liebe so krank.

Da zog es ihn hin zu der Holden
Durchs klebrige Urweltgemüs,
Da ward aus dem Ichthyosauren
Der zärtlichste Ichthyosüß.

Friedrich Theodor Vischer

Sie war ein Blümlein hübsch und fein,
Hell aufgeblüht im Sonnenschein.
Er war ein junger Schmetterling,
Der selig an der Blume hing.

Oft kam ein Bienlein mit Gebrumm
Und nascht und säuselt da herum.
Oft kroch ein Käfer kribbelkrab
Am hübschen Blümlein auf und ab.
Ach Gott, wie das dem Schmetterling
So schmerzlich durch die Seele ging.

Doch was am meisten ihn entsetzt,
Das Allerschlimmste kam zuletzt.
Ein alter Esel fraß die ganze
Von ihm so heiß geliebte Pflanze.

Wilhelm Busch

Sie
war
ein
Blümlein
hübsch
und
fein

Große blaue Lilie
Ausschnitt
Maria Sibylla Merian

Der Mönch am Meer *Ausschnitt*
Caspar David Friedrich

ZWIELICHT &
SCHATTEN

Die Hölle

Ausschnitt aus dem ›Garten der Lüste‹
Hieronymus Bosch

zwie**licht**
drie**licht**
vier**licht**
fünf**licht**
sechs**licht**
siem**licht**
ziem**licht**
acht**licht**
beacht**licht**
neun**licht**
neu**licht**
zehn**licht**
sehn**licht**
eilf**licht**
zweif**licht**
zwölf**licht**
teuf**licht** und nun beginnt eine reihe
beachtlicher yeah-yeah-lichter
und hernach wieder
ziemlicht teuflichtes zwielicht

h. c. artmann

Dunkle Wolke

Eine dunkle Wolke kommt vom Himmel nieder,
sinkt ins Wiesengras
und ist verschwunden.

Doch erhebt sie sich zum Himmel wieder,
teilt sich in zwei Wolken oben
und zwei Schatten unten.

Teilt sich und vereint sich himmelauf und -nieder:
Junge Stare! Junge Stare!
Schwarz ist ihr Gefieder.

Reiner Kunze

Kornfeld mit Krähen

Ausschnitt

Vincent van Gogh

Abseits

Es ist so still; die Heide liegt
Im warmen Mittagssonnenstrahle,
Ein rosenroter Schimmer fliegt
Um ihre alten Gräbermale;
Die Kräuter blühn; der Heideduft
Steigt in die blaue Sommerluft.

Laufkäfer hasten durch´s Gesträuch
In ihren goldnen Panzerröckchen,
Die Bienen hängen Zweig um Zweig
Sich an der Edelheide Glöckchen;
Die Vögel schwirren aus dem Kraut –
Die Luft ist voller Lerchenlaut.

Ein halbverfallen' niedrig' Haus
Steht einsam hier und sonnbeschienen;
Der Kätner lehnt zur Tür hinaus,
Behaglich blinzelnd nach den Bienen;
Sein Junge auf dem Stein davor
Schnitzt Pfeifen sich aus Kälberrohr.

Kaum zittert durch die Mittagsruh
Ein Schlag der Dorfuhr, der entfernten;
Dem Alten fällt die Wimper zu,
Er träumt von seinen Honigernten.
– Kein Klang der aufgeregten Zeit
Drang noch in diese Einsamkeit.

Theodor Storm

**Die Häuser
Strecken sich in den
Abend. Der Wind
Galoppiert die
Straße hinauf und
Herunter kleine
Laternen
Schütteln.**

Sarah Kirsch

Murnauer Landschaft

Alexej von Jawlensky

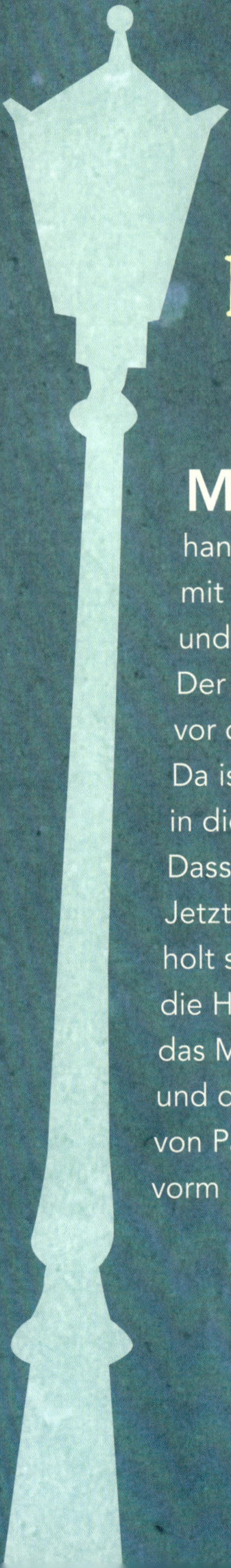

Ländliche Frau Nacht

Mitten im Dorf
hantiert sie ungestraft
mit Dunstschleiern
und Nebelnetzen!
Der Haselnussstrauch
vor dem Feuerwehrhaus:
Da ist er ihr schon
in die Maschen gegangen.
Dass ihr das duldet!
Jetzt fischt sie die Häuser,
holt sich die Scheunen,
die Hunde,
das Milchkannenmädchen
und den schwarzen Mercedes
von Pater Cornelius
vorm Friedhofstor.

Bei uns in der Stadt
hält man sich
die schmuddlige Alte
mit Lichtern vom Leibe.

Paul Maar

Ein Abend im Karneval
Henri Rousseau

H. Rousseau

Mondnacht

Es war, als hätt' der Himmel
Die Erde still geküsst,
Dass sie im Blütenschimmer
von ihm nun träumen müsst'.

Die Luft ging durch die Felder,
Die Ähren wogten sacht,
Es rauschten leis die Wälder,
So sternklar war die Nacht.

Und meine Seele spannte
Weit ihre Flügel aus,
Flog durch die stillen Lande,
Als flöge sie nach Haus.

Joseph von Eichendorff

Sternennacht über der Rhône
Vincent van Gogh

In Bulemanns Haus

Es klippt auf den Gassen im Mondenschein;
da ist **die zierliche Kleine,**
die geht auf ihren Pantöffelein
behend und mutterseelenallein
durch die Gassen im Mondenscheine.

Sie geht in ein alt verfallenes Haus;
im Flur ist die Tafel gedecket,
da tanzt vor dem Monde **die Maus mit der Maus,**
da setzt sich das Kind mit den Mäusen zu Schmaus,
die Tellerlein werden gelecket.

Und leer sind die Schüsseln, die Mäuslein im Nu
verrascheln in Mauer und Holze;
nun lässt es dem Mägdlein auch länger nicht Ruh,
sie schüttelt ihr Kleidchen, sie schnürt sich die Schuh,
dann tritt sie einher mit Stolze.

Es leuchtet **ein Spiegel mit goldnem Gestell,**
da schaut sie hinein mit Lachen;
gleich schaut auch heraus ein Mägdelein hell,
das ist ihr einziger Spielgesell;
nun wolln sie sich lustig machen.

Sie nickt voll Huld, ihr gehört ja das Reich;
da neigt sich **das Spiegelkindlein,**
da neigt sich das Kind vor dem Spiegel zugleich,
da neigen sich beide gar anmutreich,
da lächeln die rosigen Mündlein.

Und wie sie lächeln, so hebt sich der Fuß,
es rauschen die seidenen Röcklein,
die Händchen werfen sich Kuss um Kuss,
das Kind mit dem Kinde nun tanzen muss,
es tanzen im Nacken die Löcklein.

Der Mond scheint voller und voller herein,
auf dem Estrich gaukeln die Flimmer:
Im Takte schweben die Mägdelein,
bald tauchen sie tief in den Schatten hinein,
bald stehn sie in bläulichem Schimmer.

Nun sinken die Glieder, nun halten sie an
und atmen aus Herzens Grunde;
sie nahen sich schüchtern und beugen sich dann
und knien voreinander und rühren sich an
mit dem zarten unschuldigen Munde.

Doch müde werden die beiden allein
von all der heimlichen Wonne;
sehnsüchtig flüstert das Mägdelein:
»Ich mag nicht mehr tanzen im Mondenschein,
ach, käme doch endlich die Sonne!«

Sie klettert hinunter ein Trepplein schief
und schleicht hinab in den Garten.
Die Sonne schlief, und die Grille schlief:
»Hier will ich sitzen im Grase tief,
und der Sonne will ich warten.«

Doch als nun morgens um Busch und Gestein
verhuschet das Dämmergemunkel,
da werden dem Kinde die Äuglein klein;
sie tanzte zu lange bei Mondenschein,
nun schläft sie bei Sonnengefunkel.

Nun liegt sie zwischen den Blumen dicht
auf grünem, blitzendem Rasen,
und es schauen ihr in das süße Gesicht
die Nachtigall und das Sonnenlicht
und die kleinen neugierigen Hasen.

Theodor Storm

Schlagschatten

Ausschnitt
J. J. Grandville

Über meinem Bett

Über meinem Bett
hing das Bild
eines Schutzengels.

Ein kleines Kind
ging über eine schmale Brücke
unter der ein reißender Bach floss.
Ein drei Meter großer Schutzengel
mit riesigen Flügeln
und ausgebreiteten Armen
schwebte hinter ihm.

Es hieß
man darf sich nicht umdrehen
sonst verschwindet
der Schutzengel.

Ein so großer Schutzengel
kann unmöglich
so schnell verschwinden.

Ich übte
das blitzartige Umdrehen.
Aber so schnell ich auch war
der Schutzengel
war immer schneller.

Peter Turrini

Schutzengel geleitet
ein Kind über eine Brücke
Anonym

sieben sterne

wenn es nacht wird
sieben sterne
und der himmel
wenn es tag wird
siebt sie fort

arne rautenberg

Die himmlischen Tücher

Hätt' ich des Himmels reich bestickte Tücher,
Bestickt mit goldnem Licht und Silberlicht,
Die blauen, matten und die dunklen Tücher
Aus Nacht und Zwielicht und aus Tageslicht,
Legt' ich die Tücher unter deine Füße.
Doch ich bin arm und habe nichts als Träume,
So leg' ich Träume unter deine Füße;
Tritt leise, denn du trittst auf meine Träume!

William Butler Yeats

Rote Kavallerie *Ausschnitt*

Kasimir Malewitsch

HIN & WEG

Der arme Kaspar

Ich geh – wohin?
Ich kam – woher?
Bin außen und inn,
Bin voll und leer.
Geboren – wo?
Erkoren – wann?
Ich schlief im Stroh
Bei Weib und Mann.
Ich liebe dich,
Und liebst du mich?
Ich trübe dich,
Betrübst du mich?
Ich steh und fall,
Ich werde sein.
Ich bin ein All
Und bin allein.
Ich war. Ich bin.
Viel leicht. Viel schwer.
Ich geh – wohin?
Ich kam – woher?

Klabund

Lied des Nussknackers

König Nussknacker, so heiß ich.
Harte Nüsse, die zerbeiß ich.
Süße Kerne schluck ich fleißig;
Doch die Schalen, ei, die schmeiß ich
Lieber andern hin,
Weil ich König bin.
Aber seid nicht bang!
Zwar mein Bart ist lang,
Und mein Kopf ist dick
Und gar wild mein Blick;
Doch was tut denn das?
Tu kein'm Menschen was,
Bin im Herzensgrund,
Trotz dem großen Mund,
Ganz ein guter Jung
Lieb Veränderung;
Amüsier mich gern
Wie die großen Herrn.
Arbeit wird mir schwer,
Und dann mag ich sehr
Frommen Kindersinn,
Weil ich König bin.

Heinrich Hoffmann

Der Hampelmann
Ausschnitt
Francisco José de Goya

Zeitlandschaft

Schimmernd liegt die Bahn im tiefen Tale,
Über Tal und Schienen geht die Brücke
Hoch hinweg, ein Turm ist jeder Pfeiler,
Kunstgekrönet in die Lüfte ragend,
Zu den Wolken weite Bogen tragend.

Wie ein Römerwerk, doch neu und glänzend,
Bindet wald'ge Berge sie zusammen;
Auf der Brücke fahren keine Wagen,
Denn kristallnes Wasser geht dort oben,
Dessen fromme Flut die Schiffer loben.

Unten auf des Tales Eisensohle
Schnurrt hindurch der Wagen lange Reihe,
Hundert unruhvolle Herzen tragend,
Straff von Nord nach Süd mit Vogels Schnelle.
Drüber streicht das Fischlein durch die Welle.

Langsam, wie ein Schwan, mit weißem Segel,
Herrlich auf des Himmels blauem Grunde
Oben fährt ein Schiff von Ost nach Westen; –
Ruhvoll lehnt der Schiffer an dem Steuer:
Ist das nicht ein schönes Abenteuer?

Gottfried Keller

Pont de Sèvres und das Ufer von St. Cloud
Henri Rousseau

Parterre-Akrobatin und Clown

Ernst Ludwig Kirchner

Der Wind ist
mein Papier,
das Wasser
meine Tinte.

Mit nächtigen Augen,
alt und verbraucht
schon, blick ich
dem neuen Tag
entgegen:

Auch Indianer
könnt ich sein.

Wolfgang Berends

Abendgebet eines Zauberers

Linke Hand, hier nichts, da nichts.
Jackenärmel –
kein doppelter Boden.

Taschentücher
rot blau grün
Taschentücher
fliegt

Vogeltücher
trocknet
alle Tränen
dieser kleinen unbekannten Stadt.

Günter Bruno Fuchs

Lied von der Erde

Die Erde dreht sich so geschwind
dass man es nicht bemerkt, mein Kind
sie kreiselt wie das Karussell
im Park mit quietschendem Gestell
das wild um seine Achse eiert
wenn der Leierkasten leiert

sie fliegt im Kreis mit scharfem Drall
und wirbelt um den Sonnenball
nicht anders als das Karussell
im Park mit quietschendem Gestell
nimmt sie dich mit auf diese Reise
und selbst im Schlaf fliegst du im Kreise

vom Karussell kannst du dich schwingen
doch niemand kann vom Erdball springen
das Karussell bleibt wieder stehen
die Erde muss sich weiterdrehen
sie fliegt und schlingert ohne Rast
auch wenn du keinen Fahrschein hast

die Erde dreht sich so geschwind
dass niemand es bemerkt, mein Kind
und dreht sie sich noch munterer
und immer kunterbunterer
und wirbelt durch den Sternenwind –
wir fallen doch nicht runterer!

Jan Koneffke

Der Zirkus
Georges Seurat

Das Karussell

Jardin du Luxembourg

Das Karussell
Ausschnitt
Ferdinand du Puigaudeau

Mit einem Dach und seinem Schatten dreht
sich eine kleine Weile der Bestand
von bunten Pferden, alle aus dem Land,
das lange zögert, eh es untergeht.
Zwar manche sind an Wagen angespannt,
doch alle haben Mut in ihren Mienen;
ein böser roter Löwe geht mit ihnen
und dann und wann ein weißer Elefant.

Sogar ein Hirsch ist da, ganz wie im Wald,
nur dass er einen Sattel trägt und drüber
ein kleines blaues Mädchen aufgeschnallt.

Und auf dem Löwen reitet weiß ein Junge
und hält sich mit der kleinen heißen Hand,
dieweil der Löwe Zähne zeigt und Zunge.

Und dann und wann ein weißer Elefant.

Und auf den Pferden kommen sie vorüber,
auch Mädchen, helle, diesem Pferdesprunge
fast schon entwachsen; mitten in dem Schwunge
schauen sie auf, irgendwohin, herüber –

Und dann und wann ein weißer Elefant.

Und das geht hin und eilt sich, dass es endet,
und kreist und dreht sich nur und hat kein Ziel.
Ein Rot, ein Grün, ein Grau vorbeigesendet,
ein kleines kaum begonnenes Profil –.
Und manches Mal ein Lächeln, hergewendet,
ein seliges, das blendet und verschwendet
an dieses atemlose blinde Spiel ...

Rainer Maria Rilke

Die Temeraire an ihrem letzten Ankerplatz
J. M. W. Turner

Meeres Stille

Tiefe Stille herrscht im Wasser,
Ohne Regung ruht das Meer,
Und bekümmert sieht der Schiffer
Glatte Fläche rings umher.
Keine Luft von keiner Seite!
Todesstille fürchterlich!
In der ungeheuern Weite
Reget keine Welle sich.

Johann Wolfgang von Goethe

Glückliche Fahrt

Die Nebel zerreißen,
Der Himmel ist helle,
Und Äolus löset
Das ängstliche Band.
Es säuseln die Winde,
Es rührt sich der Schiffer.
Geschwinde! Geschwinde!
Es teilt sich die Welle,
Es naht sich die Ferne;
Schon seh ich das Land.

Johann Wolfgang von Goethe

Heimweh

Anders wird die Welt mit jedem Schritt,
Den ich weiter von der Liebsten mache;
Mein Herz, das will nicht weiter mit.
Hier scheint die Sonne kalt ins Land,
Hier deucht mir alles unbekannt,
Sogar die Blumen am Bache!
Hat jede Sache
So fremd eine Miene, so falsch ein Gesicht.
Das Bächlein murmelt wohl und spricht:
Armer Knabe, komm bei mir vorüber,
Siehst auch hier Vergissmeinnicht!
– Ja, die sind schön an jedem Ort,
Aber nicht wie dort.
Fort, nur fort!
Die Augen gehn mir über!

Eduard Mörike

Das Paradies

Ausschnitt aus dem ›Garten der Lüste‹
Hieronymus Bosch

Glück

Wir saßen,
wir standen auf,
gingen;
wir stiegen ein,
fuhren
und kamen an.

Wir legten an
mit unserm Kahn
An einer Felseninsel.
Die Insel war klein,
doch mit Buschwerk, Gestein
eine Urwelt für uns ganz allein.

Josef Guggenmos

Die Artistin (Marcella)

Ernst Ludwig Kirchner

so einfach ist das

ein Stuhl eine Blume
ein gefüllter Teller
ein geschlossener Mund
eine Hand die sehr weiß ist
ein Bild ein Baum
eine Note
dies alles will nichts und
heißt nicht
und segelt lautlos durch den Tag

Rainer Malkowski

Mohnfeld bei Argenteuil *Ausschnitt*
Claude Monet

VERZEICHNISSE

Verzeichnis der Kunstwerke

Frankfurt am Main, Foto: U. Edelmann - Städel Museum – Artothek, S. 67
Kasimir Malewitsch: Rote Kavallerie, 1928, Russisches Museum, St. Petersburg, Foto: Artothek, S. 136/137
Franz Marc: Rote Rehe I, 1910, Privatbesitz, Foto: Artothek, S. 79
Gabriel von Max: Affen als Kunstrichter, um 1889, Neue Pinakothek, München, Foto: Bayer&Mitko – Artothek, S. 81
Maria Sibylla Merian: Große blaue Lilie, um 1680, (aus Neues Blumenbuch), S. 116
Amedeo Modigliani: Bauernjunge, um 1918, Musée de l'Orangerie, Paris, S. 25
Claude Monet: Der Garten des Künstlers in Vētheuil, 1881, National Gallery of Art, Washington, D.C., S. 59
Die Terrasse am Meeresufer von Sainte-Adresse, 1867, Metropolitan Museum of Art, New York, Foto: Artothek, S. 82/83
Gabriele Münter: Landstraße im Winter, 1911, Privatbesitz, S. 97
Zuhören (Bildnis Jawlensky), 1909, Städtische Galerie im Lenbachhaus, München, Foto: Artothek, S. 23
Ferdinand du Puigaudeau: Das Karussell, Privatbesitz, Foto: Artothek, S. 147
Sir Henry Raeburn: Pfarrer Robert Walker beim Schlittschuhlaufen, 1784, National Gallery of Scotland, Edinburgh, Foto: Hans Hinz – Artothek, S. 94
Domenico Remps: Glasvitrine mit vielen Gegenständen, 17. Jh., Museo Opificio delle Pietre Dure, Florenz, Foto: Paolo Tosi – Artothek, S. 31
Henri Rousseau: Die Fußballspieler, 1908, Solomon R. Guggenheim Museum, New York, Foto: Hansmann – Artothek, S. 42
Die Telegrafenmasten in Malakoff, 1908, Privatbesitz, Bern, Foto: Hansmann – Artothek, S. 56 Ein Abend im Karneval, 1886, Sammlung Louis E. Stern, New York, S. 127
Pont de Sèvres und das Ufer von St. Cloud, 1908, Puschkin-Museum, Moskau, Foto: Hans Hinz – Artothek, S. 141
Niki de Saint Phalle: Nana in Hannover, 1974 Foto: ullstein bild - imagebroker.net / BAO, S. 38
Egon Schiele: Hauswand am Fluss, 1915, Leopold Museum, Wien, S. 13
Georges Seurat: Der Zirkus, 1890/91, Musée d'Orsay, Paris, Foto: Peter Willi – Artothek, S. 145
Carl Spitzweg: Der Schmetterlingsfänger, um 1840, Museum Wiesbaden, Foto: Artothek, S. 75
Der Sonntagsspaziergang, 1841, Museum Carolino-Augusteum, Salzburg, Foto: Blauel/Gnamm – Artothek, S. 28/29
David Teniers der Jüngere: Ein Narr, 1640er Jahre, Puschkin-Museum, Moskau, Foto: Artothek, S. 45
Douglas Frank Tjapangardi: Dingo Dreaming, 1987, Mt. Allan, Anmatyerre, S. 61
J. M. W. Turner: Die Temeraire an ihrem letzten Ankerplatz, 1838/39, National Gallery, London, Foto: Peter Willi – Artothek, S. 148
Félix Vallotton: Der Ballon, 1899, Musée d'Orsay, Paris, Foto: Peter Willi – Artothek, S. 52
Jan Vermeer: Das Mädchen mit dem Perlenohrring, um 1665, Königliche Gemäldegalerie, Mauritshuis, Den Haag, S. 27
Ferdinand Georg Waldmüller: Nach der Schule, 1844, Puschkin-Museum, Moskau, Foto: Artothek, S. 111
Marianne von Werefkin: Herbst (Schule), 1907, Fondation Marianne Werefkin, Ascona, Foto: Artothek, S. 10/11

Verzeichnis der Gedichte

Gerda Anger-Schmidt: Wünsche wie Wolken, S. 89. Aus: dies., Neun nackte Nilpferddamen © Residenz Verlag im Niederösterreichischen Pressehaus Druck- und Verlagsgesellschaft mbH, St. Pölten und Salzburg 2003
h.c. artmann (1921 – 2000): eine laus, S. 49 / zwielicht, S. 120. Aus: Sämtliche Gedichte. Unter Mitwirkung und in der Anordnung des Autors herausgegeben von Klaus Reichert © Jung und Jung, Salzburg und Wien 2003
Rose Ausländer (1901 – 1988): Wort an Wort, S. 24. Aus: dies., Im Aschenregen die Spur deines Namens. Gedichte und Prosa © S. Fischer Verlag GmbH, Frankfurt am Main 1984
Hugo Ball (1886 – 1927): Seepferdchen und Flugfische, S. 72. Aus: Gesammelte Gedichte. Hg. v. Annemarie Schütt-Hennings. © Peter Schifferli Verlags AG, Die Arche, Zürich 1963
Wolfgang Berends (geb. 1966): Der Wind ist..., S. 143, Aus: Erdabstoßung © Stadtlichterpresse, Wenzendorf 2010
F. W. Bernstein (geb. 1938): Der Dinggang, S. 54. Aus: Die Gedichte, von F.W. Bernstein © Verlag Antje Kunstmann GmbH, München 2003
Paul Boldt (1885 – 1921): Junge Pferde, S. 68. Aus: Junge Pferde! Junge Pferde! Das Gesamtwerk: Lyrik Prosa Dokumente @ Walter Verlag AG, Olten, 1979
Elisabeth Borchers (geb. 1926): die kinder verstecken sich, S. 16. Aus: dies., Gedichte. Ausgewählt von Jürgen Becker © Suhrkamp Verlag, Frankfurt am Main 1979
Rolf Dieter Brinkmann (1940 – 1975): Ein kleiner Vormittag, S. 12 / Kein Erinnern im Frühling, S. 58 / Chagall, S. 107. Aus: Vorstellung meiner Hände. Frühe Gedichte. Hg. von Maleen Brinkmann © Rowohlt Verlag GmbH, Reinbek bei Hamburg 2010

Wilhelm Busch (1832 – 1908): Glückspilz, S. 35 / Sie war ein Blümlein hübsch und fein, S. 117. Aus: Gedichte. Hg. v. Friedrich Bohne © Diogenes Verlag AG, Zürich 1974
Joseph von Eichendorff (1788 – 1857): Mondnacht, S. 129. Aus: Sämtliche Gedichte und Versepen. Hg. v. Hartwig Schule © Insel Verlag, Frankfurt am Main und Leipzig 2001
Günter Bruno Fuchs (1928 – 1977): Abendgebet eines Zauberers, S. 143. Aus: Gedichte und kleine Prosa, Werke in drei Bänden. Hg. v. Wilfried Ihrig. Bd. 2 © Carl Hanser Verlag, München und Wien 1992
Albrecht Goes (1908 – 2000): Altweibersommer, S. 92. Aus: ders., Gedichte © S. Fischer Verlag, Frankfurt am Main 2008
Johann Wolfgang von Goethe (1749 – 1832): Der König und der Floh, S. 32 / Genialisch Treiben, S. 49 / Meeres Stille, S. 149 / Glückliche Fahrt, S. 149. Aus: Werke. Erster Band. Gedichte © Insel Verlag, Frankfurt am Main 1981
Josef Guggenmos (1922 – 2003): Ich geh durch das Dorf, S. 14 / Aus: Großer Ozean. Gedichte für alle. Hg. v. Hans-Joachim Gelberg © Beltz & Gelberg in der Verlagsgruppe Beltz, Weinheim und Basel 2000/ Nach dem Regen, S. 90. Aus: Überall und neben dir. Hg. v. Hans-Joachim Gelberg © Beltz & Gelberg in der Verlagsgruppe Beltz, Weinheim und Basel 1986 / Glück, S. 150. Aus: Groß ist die Welt. Die schönsten Gedichte © Beltz & Gelberg in der Verlagsgruppe Beltz, Weinheim und Basel 2006
Peter Hacks (1928 – 2003): Der Herbst steht auf der Leiter, S. 92. Aus: ders., Flohmarkt – Gedichte für Kinder © Eulenspiegel Verlag, Berlin 2001
Heinrich Heine (1797 – 1856): Erleuchtung, S. 35 / Der Brief, S. 109. Aus: Neue Gedichte © Büchergilde Gutenberg, Frankfurt am Main, Wien und Zürich 2005
Hermann Hesse (1877 – 1962): Blauer Schmetterling, S. 74. Aus: ders., Sämtliche Werke in 20 Bänden. Hg. von Volker Michels. Band 10: Die Gedichte © Suhrkamp Verlag, Frankfurt am Main 2002
Alfred Walter Heymel (1878 – 1914): Übermut, S. 44. Aus: Deutsche Lyrik von den Anfängen bis zur Gegenwart in 10 Bänden. Hg. v. Walther Killy. Bd. 9: Gedichte 1900 -1960. Hg. v. Gisela Lindemann © Deutscher Taschenbuch Verlag, München 2001
Jakob van Hoddis (1887 – 1942): Weltende, S. 98. Aus: Dichtungen und Briefe. Hg. v. Regina Nörtemann, Arche Verlag, Zürich 1987 © Erbengemeinschaft Jakob van Hoddis
Heinrich Hoffmann (1809 – 1894): Lied des Nussknackers, S. 139. Aus: Gesammelte Gedichte, Zeichnungen & Karikaturen © Insel Verlag, Frankfurt a. M. 1987
Hugo von Hofmannsthal (1874 – 1929): Die Beiden, S. 103. Aus: Des Sommers letzte Rosen. Die 100 beliebtesten deutschen Gedichte. Hg. v. Dirk Ippen © Verlag C.H. Beck, München 2001
ernst jandl (1925 – 2000): kaltes gedicht, S. 36 / ihre antwort auf frühling, S. 86 Aus: Poetische Werke. Hg. v. Klaus Siblewski, Bd. 10 / Bd. 7. © Luchterhand Literaturverlag in der Verlagsgruppe Random House, München 1997
Gerald Jatzek (geb. 1956): Jetzt, S. 60. Aus: Rabaukenreime. Hg. von Gerald Jatzek © Residenz Verlag im Niederösterreichischen Pressehaus Druck- und Verlagsgesellschaft mbH, St. Pölten – Salzburg
Mascha Kaléko (1907 – 1975): Für Einen, S. 104. Aus: dies., Das lyrische Stenogrammheft. Kleines Lesebuch für Große © Rowohlt Verlag GmbH, Hamburg 1956
Erich Kästner (1999 – 1974): Die Entwicklung der Menschheit, S. 80. Aus: ders., Lärm im Spiegel. © Atrium Verlag, Zürich 1929, und Thomas Kästner
Gottfried Keller (1819 – 1890): Zeitlandschaft, S. 140. Aus: Gesammelte Werke. Erster Band. Hrsg. v. Wolfgang Ignée © Nymphenburger Verlagshandlung GmbH, München 1981
Paul Kersten (geb. 1943): Ein Bild, S. 74. Aus: Die Blume ist ängstlich. Gedichte für ein Kind. © Porcus Presse, Hamburg 1983.
Sarah Kirsch (geb. 1935): Die Häuser..., S. 124. Aus: dies., Sämtliche Gedichte © Deutsche Verlags-Anstalt in der Verlagsgruppe Random House GmbH, München 2005
Klabund (1890 – 1928): Der arme Kaspar, S. 139. Aus: Werke in acht Bänden. Hg. v. Christian Zimmermann. Bd. 4: Gedichte. Hg. v. Ralf Georg Bogner © Elfenbein Verlag, Heidelberg 2000
Paul Klee (1879 – 1940): Die Vöglein, S. 77. Aus: Paul Klee, Gedichte © Arche Verlag AG, Zürich und Hamburg 3. Aufl. 2001
Jan Koneffke (geb. 1960): Lied von der Erde, S. 144. Aus: Trippeltrappeltreppe. Gedichte für neugierige Kinder. Boje Verlag in der Bastei Lübbe GmbH & Co. KG © Bastei Lübbe GmbH, Köln 2009
James Krüss (1926 – 1997): Gedicht für jeden Tag im Jahr, S. 50 / Der Sperling und die Schulhofkinder, S. 110. Aus: In Tante Julies Haus. Boje Verlag in der Bastei Lübbe GmbH & Co. KG © Bastei Lübbe GmbH & Co. KG, Köln 2008

Max Kruse (geb. 1921): Mein Haus, S. 14. Aus: Ein Klecks ging mal spazieren © Verlag Sankt Michaelsbund, München 2003

Reiner Kunze (geb. 1933): kindheitserinnerung, S. 57. Aus: ders., lindennacht. gedichte © S. Fischer Verlag GmbH, Frankfurt am Main 2007 / Mikado, S. 77 / Dunkle Wolke, S. 123. Aus: ders., Was macht die Biene auf dem Meer? Gedichte für Kinder. © S. Fischer Verlag GmbH, Frankfurt am Main 2011

Otto zur Linde (1873 – 1938): Hölzerne Säule, S. 71. Aus: Anthologie des Abseitigen. Hg. v. Carola Giedion-Welcker © Luchterhand, Frankfurt am Main 1990

Philipp Luidl (geb. 1930): Gabriele Münter. Landstrasse im Winter, S. 96. Aus: Weitere Gedichte © Maro Verlag, Augsburg 2001

Paul Maar (geb. 1937): Ländliche Frau Nacht, S. 126. Aus: Jaguar und Neinguar, Gedichte von Paul Maar © Verlag Friedrich Oetinger, Hamburg 2007

Peter Maiwald (1946 – 2008): Tine, S. 39 / Das Murmeltier, S. 66. Aus: Die Mammutmaus sieht wie ein Mammut aus. Gedichte für Kinder © Carl Hanser Verlag, München und Wien 2006

Rainer Malkowski (1939 – 2003): so einfach ist das, S. 153. Aus: Was für ein Morgen © Suhrkamp Verlag, Frankfurt am Main 1975

Hans Manz (geb. 1931): Der Stuhl, S. 22. Aus: Großer Ozean. Gedichte für alle. Hg. v. Hans Joachim Gelberg © Beltz & Gelberg in der Verlagsgruppe Beltz, Weinheim und Basel 2000

Friederike Mayröcker (geb. 1924): Wie ich dich nenne, S. 112. Aus: dies., Gesammelte Gedichte 1939 – 2003 © Suhrkamp Verlag, Frankfurt am Main 2004

Eduard Mörike (1804 – 1875): Lied vom Winde, S. 85 / Heimweh, S. 150. Aus: Gedichte. Auswahl und Nachwort von Bernhard Zeller © Philipp Reclam jun. GmbH & Co. KG, Stuttgart 1977

Christian Morgenstern (1871 – 1914): Das Gebet, S. 78 / Der Seufzer, S. 95 / Aus: Gesammelte Werke in einem Band © Piper, München und Zürich 1989

Erich Mühsam (1878 – 1934): Kind und Pfau, S. 65. Aus: Gesamtausgabe, Band 1, Gedichte. Hrsg. von Günther Emig © Berlin 1983

Friedrich Nietzsche (1844 – 1900): Schlussreim, S. 36. Aus: Gedichte. Hg. v. Mathias Mayer © Philipp Reclam jun. GmbH & Co. KG, Stuttgart 2010

arne rautenberg (geb. 1967): schneeeee, S. 95 / sieben sterne, S. 134. © arne rautenberg

Joachim Ringelnatz (1883 – 1934): Komm, sage mir, was du für Sorgen hast, S. 24 / Morgenwonne, S. 30 / Logik, S. 43 / Heimatlose, S. 66 / Im Park, S. 78 / Sommerfrische, S. 89. Aus: Sämtliche Gedichte © Diogenes Verlag AG, Zürich 1994, 1997

Rainer Maria Rilke (1875 – 1926): Kindheit, S. 53 / Liebes-Lied, S. 107 / Das Karussell, S. 146. Aus: Neue Gedichte / Der Neuen Gedichte anderer Teil © Niehaus & Rokitansky Verlag, Zürich 1949

Jürg Schubiger (geb. 1936): Alles unter einem Hut, S. 19. Aus: Der Wind hat Geburtstag © Peter Hammer Verlag, Wuppertal 2010

Kurt Schwitters (1887 – 1948): Doppelmoppel, S. 39. Aus: Das literarische Werk. Hg. v. Friedhelm Lach. Bd. I: Lyrik © DuMont Literatur und Kunst Verlag, Köln 1973

Jürgen Spohn (1934 – 1992): Ich, S. 26 / Jederzeit, S. 109. Aus: Drunter & Drüber, C. Bertelsmann 1980 © Barbara Spohn 1992

Theodor Storm (1817 – 1888): Abseits, S. 124. Aus: Gesammelte Werke, Bd. II © Artemis & Winkler, Düsseldorf Zürich 2000 / In Bulemanns Haus, S. 130. Aus: Sämtliche Werke, hg. v. Karl Martin Schiller, Bd.1 © Leipzig 1926

Kurt Tucholsky (1890 – 1935): Mutterns Hände, S. 20 / Das Lächeln der Mona Lisa, S. 40. Aus: Augen in der Großstadt. Gedichte und Prosa, Grafiken von Hans Ticha © Edition Büchergilde, Frankfurt am Main, Wien und Zürich 2006

Peter Turrini (geb. 1944): über meinem Bett, S. 132. Aus: ders., Bei Einbruch der Dunkelheit. Bürgerliche Dramen © Suhrkamp Verlag, Frankfurt am Main 2007

Rahel Varnhagen (1771 – 1833): Was machen Sie?..., S. 90. Aus: Gesammelte Werke, Bd. IX, Briefe und Tagebücher aus verstreuten Quellen, Berlin, 11. März 1810. Hg. v. Konrad Feilchenfeldt © Mattes und Seitz Verlag, München 1983

Friedrich Theodor Vischer (1807 – 1887): Prähistorische Ballade, S. 114. Aus: Ein Pudel spricht zur Nudel. Komisches für Kinder. Hg. v. Gudrun Schury © Aufbau Verlag GmbH & Co. KG, Berlin 2010

William Butler Yeats (1926 – 1992): Die himmlischen Tücher, S. 134. Aus: Lyrik aus aller Welt. Liebesgedichte. Herausgegeben von Johannes Guenther. Ins Deutsche übertragen von Eva Priester © Ullstein Verlag, Frankfurt am Main 1958.

Umschlagvorderseite: Franz von Lenbach, ›Hirtenknabe‹, Ausschnitt, 1860, Schack-Galerie, München, Foto: Artothek
Umschlagrückseite: Henri Rousseau, ›Die Fußballspieler‹, Ausschnitt, 1908, Solomon R. Guggenheim Museum, New York, Foto: Hansmann – Artothek
Frontispiz: Vincent van Gogh, ›Die Wohnwagen‹, 1888, Musée d'Orsay, Paris, Foto: Artothek

Der Buchtitel „Mal deine Wünsche in den Himmel" stammt aus dem Gedicht „Wünsche wie Wolken" von Gerda Anger-Schmidt (© Residenz Verlag im Niederösterreichischen Pressehaus Druck- und Verlagsgesellschaft mbH, St. Pölten und Salzburg 2003), siehe Seite 89

Bildredaktion Doris Kutschbach und Sabine Tauber
Korrektorat Johannes Graf von Preysing
Covergestaltung Anne Ibelings, Dresden
Gestaltung Katarzyna Roy, Düsseldorf
Herstellung Jana Schütz
Art Direction Cilly Klotz
Lithografie Reproline Mediateam, München
Druck und Bindung Neografia, Martin
Papier Profibulk

FSC
www.fsc.org
MIX
Papier aus verantwortungsvollen Quellen
FSC® C020353

Verlagsgruppe Random House FSC® N001967

Printed in Slovakia

ISBN 978-3-7913-7103-0

www.prestel.de